À la famille et aux amis des jeunes lecteurs :

L'apprentissage de la lecture est une étape cruciale dans la vie de votre enfant. Apprendre à lire est difficile, mais la série *Je peux lire!* est conçue pour rendre cette étape plus facile.

Tout comme l'apprentissage d'un sport ou d'un instrument de musique, la lecture requiert d'exercer souvent ses capacités. Mais pour soutenir l'intérêt et la motivation de l'enfant, il faut le faire participer au sport ou lui faire découvrir l'expérience de la « vraie » musique. La série *Je peux lire!* est conçue de manière à fournir le niveau de lecture approprié et propose des histoires intéressantes qui rendent la lecture stimulante.

Quelques conseils :

- La lecture commence avec l'alphabet et, au tout début, vous devriez aider votre enfant à reconnaître les sons des lettres dans les mots et les sons que font les mots. Avec les lecteurs plus expérimentés, mettez l'accent sur la manière dont les mots sont épelés. Faites-en un jeu!

- Ne vous arrêtez pas au livre. Parlez avec l'enfant de l'histoire, comparez-la à d'autres histoires et demandez-lui pourquoi elle lui a plu.

- Vérifiez si votre enfant a bien compris l'histoire. Demandez-lui de la raconter ou posez-lui des questions sur l'histoire.

C'est aussi l'âge où l'enfant apprend à monter à bicyclette. Au début, pour faciliter les choses, vous posez des roues stabilisatrices et vous tenez la selle pour le guider. De même, la série *Je peux lire!* peut être utilisée comme outil pour vous aider à guider votre enfant et à en faire un lecteur compétent.

Francie Alexander,
spécialiste en lecture
Groupe des publications
éducatives de Scholastic

Catalogage avant publication de Bibliothèque et Archives Canada

Wilhelm, Hans, 1945-

J'aime la neige! / Hans Wilhelm ;
texte français des Éditions Scholastic.

Traduction de: I love snow!
Niveau d'intérêt selon l'âge : Pour les 4-7 ans.

ISBN 978-0-545-98705-9

I. Titre.

PZ23.W538Jah 2009   j813'.54   C2008-905490-3

Édition publiée par les Éditions Scholastic,
604, rue King Ouest, Toronto (Ontario) M5V 1E1.

5 4 3 2 1   Imprimé au Canada   09 10 11 12 13

J'aime la neige!

Hans Wilhelm

Je peux lire! – Niveau 1

Éditions
SCHOLASTIC

Youpi!
Il neige!

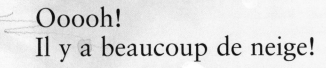

Ooooh!
Il y a beaucoup de neige!

Comment vais-je me sortir de là?

Je sais!
Je vais bondir comme un lapin.

Maintenant, je chasse
les écureuils.

Je cours après les oiseaux.

Je fais des anges dans la neige.
J'adore la neige!

J'attrape des flocons
avec ma langue.

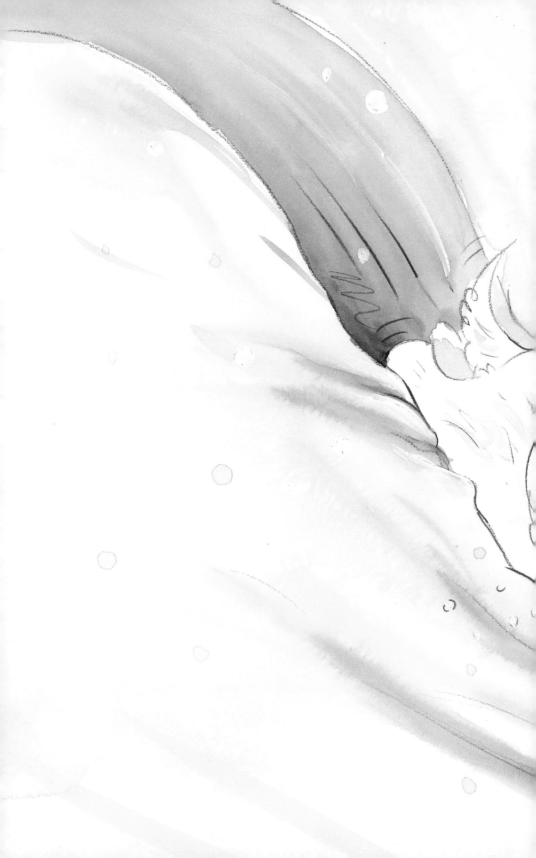

Je glisse sur la pente.

Oh là là!
Quelqu'un a faim.

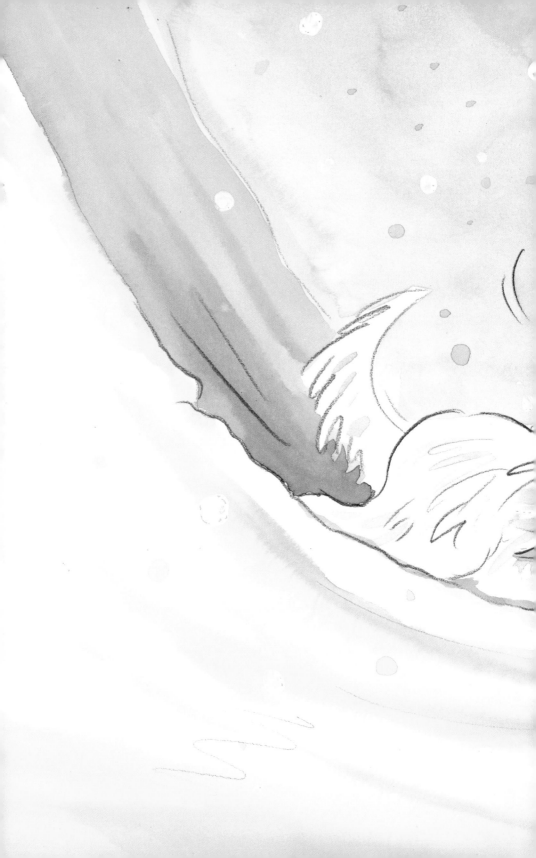

J'ai une idée!

Je vais t'aider.

Ensemble, on y arrivera!

Maintenant, jouons
dans la neige!

Quelle belle journée!
Demain, je ferai un chien de neige.